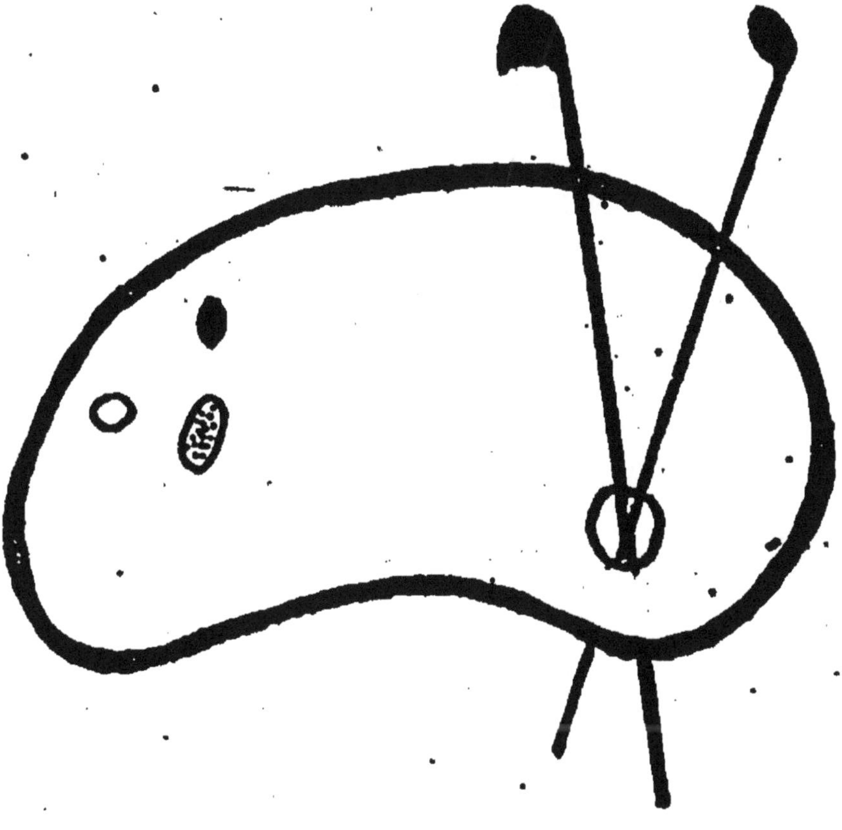

DEBUT D'UNE SERIE DE DOCUMENTS
EN COULEUR

LA
GAGNE-MONOPANGLOTTE

OU
LA LANGUE UNIVERSELLE

Formée de la réunion radicale et substantielle de toutes les autres langues. *Moins de trois mois suffiront pour la connaître.*

ET

L'EMPIRE UNIVERSEL,

Poëme en dix, chants dont il est seulement donné ici quelques fragments et qui sera bientôt publié en entier avec de nombreuses notes.

Par Paulin GAGNE,
AVOCAT A LA COUR ROYALE DE PARIS,

auteur des poëmes: *le Suicide*; *le Martyr des Rois*, sur la mort de Monseigneur le duc d'Orléans; *le Délire*, ou *Monologue* d'un jeune homme qui a vu périr sa sœur, sa mère et sa fiancée dans la catastrophe du chemin de fer, etc., etc.

PRIX, 50 CENT.

A PARIS,

CHEZ ILDEFONSE ROUSSET,
LIBRAIRE DE S. A. R. MADAME LA DUCHESSE D'ORLÉANS,
rue Richelieu, 76;

LEDOYEN, LIBRAIRE, GALERIE D'ORLÉANS, 31;

L'AUTEUR, rue Beaujolais des Tuileries, 4;

Et chez tous les libraires de France et de l'Etranger.

1843

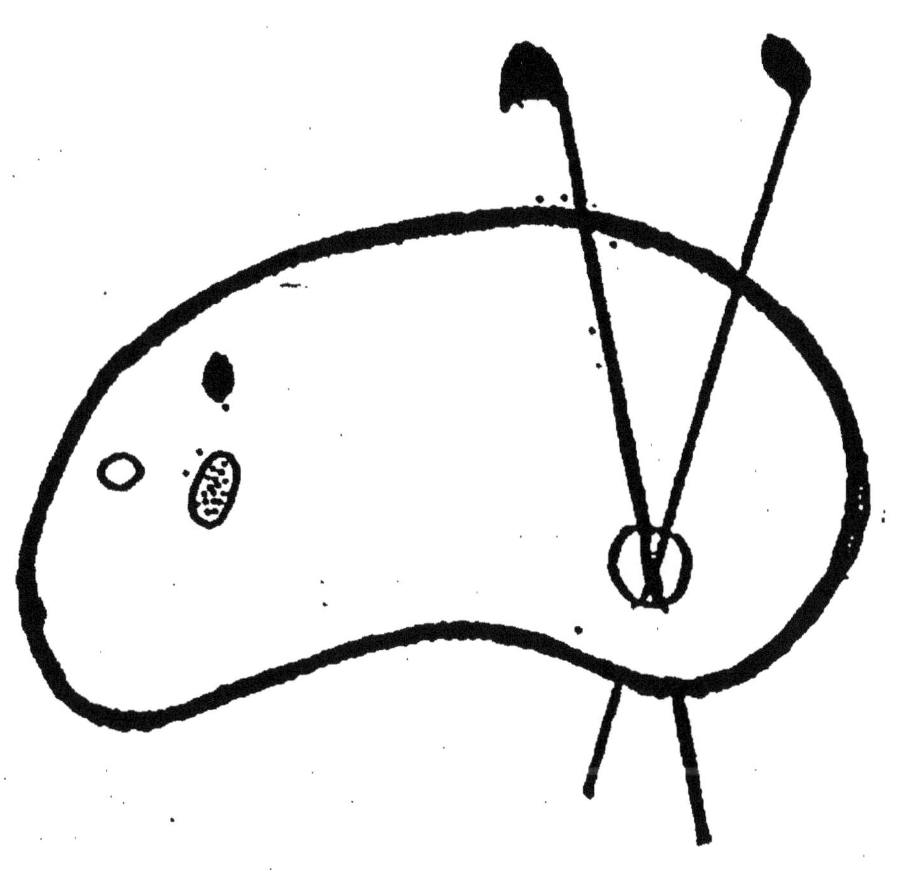

FIN D'UNE SERIE DE DOCUMENTS
EN COULEUR

LA

GAGNE-MONOPANGLOTTE,

OU

LA LANGUE UNIQUE ET UNIVERSELLE,

Formée de la réunion *radicale* et substantielle de toutes les langues mères, mortes ou vivantes, suivant des principes clairs, simples, réguliers approuvés par les plus éminents suffrages, et à l'aide desquels toutes les intelligences pourront l'apprendre facilement et en très peu de temps, en s'initiant à la fois à la connaissance de toutes celles qui concourront à sa création. Trois mois d'étude suffiront pour connaître cette langue universelle, plus riche que toutes celles qui la composeront. — Les principes cidessus exposés de grammaire, des lettres, des caractères, du dictionnaire, de la ponctuation, de la syntaxe, et enfin de tout ce qui est nécessaire pour l'intelligence de la langue universelle, sont précédés d'une préface en prose sur la nécessité et les bienfaits de cette langue, par suite des relations et de la fusion continuelles qui vont s'établir entre les peuples, au moyen des chemins de fer ou de la vapeur.

ET

L'EMPIRE UNIVERSEL,

Poème en dix chants, et dont il est seulement donné ici quelques fragments;

PAR PAULIN GAGNE,

Avocat à la cour royale de Paris, auteur des poèmes 1° *le Suicide;* 2° *le Martyre des Rois,* poème sur la mort de Monseigneur le duc d'Orléans; 3° *le Délire,* ou Monologue d'un jeune homme qui a vu périr sa mère, sa fiancée et sa sœur dans la catastrophe du chemin de fer, et de plusieurs autres ouvrages littéraires.

PARIS,

CHEZ ILDEFONSE ROUSSET,

LIBRAIRE DE S. A. R. LA DUCHESSE D'ORLÉANS,
rue Richelieu, 76;

LEDOYEN, LIBRAIRE, GALERIE D'ORLÉANS, 31,

l'auteur rue Beaujolais des Tuileries, 4,

et chez tous les libraires de France et de l'étranger.

1843

Nous témoignons d'avance la plus profonde reconnaissance à toutes les personnes qui voudront bien nous honorer de leurs observations ou de leurs critiques, que nous osons solliciter, et qui voudront bien encore s'intéresser à la propagation d'un ouvrage que nous avons fait dans un but d'utilité générale et que nous croyons utile, dût-il même ne pas avoir tout le succès que nous attendons avec confiance.

PREFACE.

La langue universelle est la source première
Et de toute union et de toute lumière.

Dans tous les temps et chez tous les peuples on a proclamé les immenses bienfaits que le monde intellectuel retirerait d'un langage commun à tous les hommes, ou d'une langue universelle.

Sans remonter plus haut, on sait que Leibnitz, Descartes (1), et autres grands hommes s'en étaient fortement occupés; le père Lami de l'Oratoire, et après lui M. Faiguet ont cherché à créer une langue universelle; en proclamant ses précieux effets, toutes les encyclopédies expriment le désir de la voir bientôt se former, et dernièrement encore l'auteur de ce projet a entendu soutenir à l'Institut oratoire, sous la présidence de M. Tissot, de l'Académie française, le besoin d'une langue universelle.

Et dans un moment où, par le moyen des bateaux à vapeur et des chemins de fer, qui vont pour ainsi dire donner des ailes à l'humanité, les hommes et les peuples, traversant l'espace avec la rapidité de l'éclair, vont se trouver continuellement en présence et en rapport d'intérêts, tout le monde, sans doute, conviendra de la nécessité, de l'urgence de créer sans retard une langue qui aurait sous tous les rapports les plus précieux résultats.

Il est facile de comprendre en effet que de cette unité de langage découleraient comme d'une source commune et vivifiante où tous viendraient puiser les germes féconds et civilisateurs des affections humaines, qui n'existent point et ne peuvent exister entre des individus et des peuples qui, ne s'entendant pas et ne se comprenant pas, deviennent non seulement *étrangers* entre eux, mais encore ennemis, et se regardent comme des êtres sauvages et d'une espèce différente; il est évident que, par une conséquence naturelle, de ces affections, de cette intelligence des âmes et des cœurs naîtraient l'union, la paix et l'unité, si puissante en toute chose,

(1) Nous n'avons pas trouvé leurs systèmes, si toutefois ils en ont écrit, à la Bibliothèque royale.

des lettres, de la politique, de la législation et de la religion, c'est à dire que le monde entier n'aurait bientôt plus qu'une seule monarchie ou *sainte* république et qu'un seul culte religieux, un seul trône universel, du haut duquel un seul empereur, dominateur suprême d'autres rois relevant de sa puissance, dicterait les lois temporelles, et une chaire universêle du haut de laquelle le souverain pontife dispenserait les lois spirituelles aux peuples.

Ce serait là sans doute le plus beau et le plus magnifique spectacle. La réalisation de ce spectacle sacré devrait sans doute être possible à des hommes intelligents qui prétendent être inspirés de la grâce divine et possesseurs du libre arbitre et d'une volonté ferme et toute puissante; et cependant, nous le disons nous-même à notre honte, lorsque l'enthousiasme nous abandonne à l'aspect de la dégradation humaine, nous approuvons presque le sourire criminel, et qui flétrit le front qu'il déride, de la plupart de ceux qui nous liront; nous craignons le ridicule, et nous sentons notre plume obscure et tristement abandonnée à elle-même nous tomber de la main, et ce n'est qu'en reportant nos regards vers les cieux que nous reprenons espérance et courage. Mais pour que la création d'une langue aussi précieuse, et qui seule peut produire les célestes bienfaits que nous signalons, devienne possible et ne soit plus regardée comme une chimère ou la pierre philosophale, dans un siècle où toute idée grande et nouvelle est impitoyablement livrée au ridicule et au mépris, il faut que sa base fondamentale repose sur des principes aussi solides que l'airain, et qui par leur clarté, leur facilité et leur fécondité conduisent toutes les intelligences à la porte du sanctuaire, les y introduisent presque à leur insu et leur prodiguent tous les trésors qu'il renrenferme. Or nous avons l'intime conviction que le projet de langue universelle que nous présentons offre toutes ces conditions précieuses et nécessaires. C'est ce dont tout lecteur de bonne foi pourra se persuader par l'exposé des principes suivants et par les observations et le résumé qui en seront faits à la fin.

LA
GAGNE-MONOPANGLOTTE[1],
OU
LA LANGUE UNIVERSELLE.

PLAN GRAMMATICAL. — PRINCIPES.

PRINCIPES GÉNÉRAUX.

1° La langue universelle sera formée de la réunion ou du mélange *radical* des principales langues mères, mortes ou vivantes, employées avec une juste égalité, c'est à dire que chacune des langues mères fournira une part proportionnelle des mots représentant nos idées pour composer la langue unique et universelle, ce qui offrira l'avantage de ne point blesser les susceptibilités des peuples, puisqu'ils donneront ainsi une portion de leur richesse à l'édifice universel, et de former une nouvelle langue, qui seule les comprenant toutes, par un juste choix des mots racines et étymologiques, sera beaucoup plus riche et moins verbeuse que chacune d'elles.

2° Les lettres de la langue universelle, divisées en voyelles et en consonnes, seront au nombre de vingt-cinq, et de plus s'il est jugé nécessaire, ce que nous ne pensons pas, attendu que presque tous les alphabets des langues diverses ne contiennent que ce nombre, et que d'ailleurs même les cinquante lettres que renferme l'alphabet sanscrit peuvent se traduire par nos vingt-cinq.

3° La langue universelle sera écrite en lettres ou en caractères français ou latins, ce qui revient au même, afin d'épargner un temps infini nécessaire rien que pour apprendre à connaître les lettres des divers alphabets. Les mots de toutes les langues n'offrent que des sons que nous pouvons nécessairement exprimer par des lettres ou des

(1) Ce mot est composé de trois mots grecs qui signifient : une seule langue formée de toutes les autres.

caractères français. Ainsi le nom *Dieu*, qui s'écrit ainsi en hébreu,   et qui a le son de *Éloah*, s'écrira de cette dernière manière, avec des caractères français, dans la langue universelle, si toutefois il doit y être exprimé en hébreu. C'est un souhait exprimé avec une juste raison par plusieurs grammairiens pour l'étude des langues, et notamment par M. Eihhoff, dans son ouvrage sur le parallèle des langues. Nous croyons en effet que par ce moyen on se livrerait avec beaucoup plus d'ardeur et de fruit à la culture des langues, dont souvent les lettres bizarres seules nous rebutent. Cette mesure serait nécessaire pour la langue universelle, dont le tout sera composé d'un très grand nombre d'autres, et qui par là deviendra très facile à apprendre.

4° La prononciation, si précieuse et si embarrassante dans toutes les langues, sera uniforme et indiquée de la même manière pour tous, ce qui sans doute apportera la plus grande clarté dans le discours. On conservera autant que possible pour chaque mot la prononciation qu'il avait dans sa propre langue, sauf pour les terminaisons, dont nous parlerons bientôt, et qui devront se prononcer d'après la langue latine, à laquelle elles sont empruntées.

5° Il n'y aura que trois déclinaisons parfaitement régulières, formées au moyen de simples terminaisons que l'on fera bientôt connaître, savoir : deux pour les noms et les pronoms et une pour les adjectifs.

6° Il n'y aura qu'une seule conjugaison parfaitement régulière pour tous les verbes, formée au moyen d'une simple terminaison. Les déclinaisons se feront sur *rosa*, *dominus* et *prudens*, et la conjugaison se fera sur le verbe *amare* de la langue latine, prise pour modèle en ce point. (1)

PRINCIPES PARTICULIERS A CHAQUE PARTIE DU DISCOURS.

1° *Du Nom, du Pronom et de leur déclinaison.*

Au singulier radical masculin ou féminin, toujours invariable, de chaque nom, et au singulier masculin seulement de tous les

(1) Que les personnes qui ne connaîtraient pas la langue latine ne s'imaginent pas qu'il faille la comprendre à fond ; huit jours suffiront à la moindre intelligence pour savoir tout ce qui est nécessaire.

pronoms des langues appelées à former la langue universelle, on ajoutera les terminaisons *a* pour le féminin, et
us pour le masculin, variant suivant les nombres et les cas
de *rosa* et *dominus* pris pour modèle, en ayant soin de les
séparer par un point placé au haut de la dernière lettre
du radical, pour faire connaître qu'elles sont ajoutées seulement pour faire connaître les genres, les nombres et les
cas, au nombre de six. (1)

1re *Remarque.* — En conservant dans tous les cas et dans
tous les nombres seulement le *singulier radical* on écartera
toutes les difficultés tout en laissant subsister le sens du
mot de la langue employée, puisque dans toutes les langues
en général le pluriel se forme du singulier, qui est la racine ou le radical et représente toujours le même objet et
la même idée. Semblable remarque sera faite pour les
adjectifs et les infinitifs des verbes dont il sera ci-après
parlé.

2e *Remarque.* — Nous disons qu'on ajoutera lesdites terminaisons au singulier masculin *seulement* des pronoms,
parceque le féminin généralement se forme du masculin,
qui est le *radical.* Ainsi le pronom féminin *cette* est formé
du masculin *cet.* La terminaison *a* ajoutée au masculin
est donc suffisante toutes les fois que le féminin aura le
masculin pour radical. Il n'y aura que deux genres, le
masculin et le féminin.

2° Le nom conservera dans la langue universelle le
genre qu'il avait dans sa langue propre, à moins qu'il ne
soit du genre neutre ou duel, qui deviendront masculins
tout en conservant leur désinence neutre ou duel *au radical nominatif singulier.*

D'après ces principes, si l'on veut décliner le nom *arbre*,
exprimé en français, nous supposons, dans la langue universelle, on dira au nominatif singulier *arbre·us*; génitif,
arbre·i, etc. En déclinant le nom *femme*, aussi en français,
on dira : *femme·a, femme·æ*, etc. Pour décliner le nom *Dieu*,
exprimé en hébreu, nous supposons, dans la langue universelle, on dira : *Eloah·us, Eloah·i*, etc.

Comme ce qui est neutre doit devenir masculin, pour

(1) Nous n'avons pas jugé à propos de copier les déclinaisons latines, que
la plupart de ceux qui nous liront connaissent, et que tout le monde peut
trouver dans une grammaire latine.

décliner le mot *temple*, exprimé en latin, nous supposons, on dira *templum·us*, *templum·i*, etc.; pour décliner le pronom *quel*, exprimé en français, nous supposons, on dira *quel·us* pour le masculin et *quel·a* pour le féminin.

L'article est supprimé au moyen de la déclinaison.

DE L'ADJECTIF.

3° Les adjectifs, dont *le singulier masculin seulement demeurera invariable comme radical, n'auront qu'une terminaison pour les deux genres;* cette terminaison sera *ens*, variant suivant les nombres et les cas de l'adjectif *prudens* de la langue latine.

L'adjectif s'accordera en genre, en nombre et en cas avec le substantif, quoique souvent il doive être exprimé en langues différentes dans la langue universelle.

D'après ces principes, pour décliner l'adjectif *grand*, exprimé en français, nous supposons, on dira : nominatif, *grand·ens;* génitif, *grand·entis*, etc. *De grands hommes, grand·entes homme·i.*

DU VERBE.

Ainsi qu'il a été dit, il n'y aura qu'une seule conjugaison pour tous les verbes, ayant le verbe *amare* latin pour modèle tant à l'actif qu'au passif.

4° *A l'infinitif actif présent, invariable comme radical* du verbe appelé à former la langue universelle, on ajoutera la terminaison *are*, et on le conjuguera ensuite suivant les temps, les personnes, les modes et les voies du verbe *amare* latin, en ayant soin de séparer la terminaison ajoutée, de cet infinitif radical, par le point convenu.

D'après ces principes, si l'on a à traduire en langue universelle le verbe *aimer*, exprimé en français, nous supposons, on dira : infinitif, *aimer·are;* indicatif présent, *aimer·o, aimer·as, aimer·at*, etc.; au passif on dira *aimer·ari, aimer·or, aimer·aris, aimer·atur.* Si c'est le verbe *lire* exprimé en latin, on dira *legere·are*, etc.

DU PARTICIPE.

7° Le participe tenant du verbe et de l'adjectif, conservera dans la langue universelle, tant à l'actif qu'au passif,

l'infinitif présent radical, et se déclinera, savoir : le participe terminé en *aturus, atus et andus* sur la déclinaison
du nom, et le participe présent terminé en *ans* sur la déclinaison de l'adjectif en changeant seulement *e* en *a*.

Il s'accordera en genre, en nombre et en cas avec le
sujet ou régime auquel il se rapportera.

D'après ces principes, si l'on a à traduire en langue universelle cette phrase exprimée à la française: une femme
aimant et qui mérite d'être aimée, on dira: *femme·a ai-
mer·ens et qui·a mériter·at êtr·are aimer·ata.*

L'adverbe, la préposition, la conjonction et l'interjec-
tion seront invariables et indéclinables, en quelques langues qu'ils soient exprimés, dans la langue universelle,
attendu que ces mots, ne servant guère qu'à lier les phrases
du discours, ne peuvent donner lieu à aucune difficulté, à
aucune méprise, et qu'au contraire en restant ainsi on les
reconnaîtra beaucoup plus facilement.

Tel est l'exposé sommaire de ce plan grammatical de
langue universelle, sur les principes duquel l'auteur est
prêt à subir un examen, se faisant fort de réfuter toutes
les objections.

On voit, en résumé, que, par les principes exposés, en
ayant *le singulier des noms, des pronoms et des adjectifs,*
on peut les décliner sans difficulté au moyen des trois
terminaisons *us, a* et *ens*, et qu'en ayant *les infinitifs* des
verbes on peut tous les conjuguer au moyen de la terminaison *are* variant suivant les temps, les personnes, les
modes et les voies du verbe *amare*. Qu'on me donne le
singulier des mots désignés et les infinitifs de quelque
langue que ce soit, avec la traduction en regard, et je me
charge d'écrire et de parler cette langue à l'instant même
à l'aide des principes ci-dessus, et tout le monde avec
un instant de réflexion pourra sans doute en faire autant.

Ainsi dès qu'on aura un dictionnaire renfermant *le singulier des noms, des pronoms, des adjectifs et les infinitifs*
des verbes de toutes les langues prises dans leur substance
radicale pour en former un tout qui, avec beaucoup moins
de mots, exprimera toutes nos idées d'une manière plus
précise, plus claire et plus riche, à l'aide de la traduction en regard dans la langue de chaque peuple, tous les
hommes pourront en très peu de temps écrire et parler

cette langue universelle, qui, nous ne saurions trop le ré-
péter, est sans contredit la chose la plus utile et la plus
nécessaire.

Et rien, sans doute, n'est plus facile que la compo-
sition de ce dictionnaire, dans lequel on pourrait en-
glober tous les mots radicaux des principales langues
mères, et qui alors deviendrait le monument encyclopé-
dique et universel de tous les langages, et serait le livre
le plus philosophique et le plus scientifique qui puisse
jamais exister.

Voici la marche, entre autres, que l'on pourrait suivre :
on traduira dans la langue universelle tous les mots commençant par la lettre *a* du dictionnaire français en telle langue étrangère, et tous les mots commençant par la lettre *b* du
même dictionnaire en telle autre langue, et ainsi de suite ;
après cela on coordonnera le tout pour en former un dictionnaire universel selon l'ordre alphabétique, de manière
que tous les mots représentant nos idées et les choses, au
lieu d'être exprimés par une seule langue, la langue française, le seront par autant de langues qu'on voudra. Et
comme il est prouvé que sept à huit langues principales
servent à former toutes les autres, en choisissant les mots
racines de ces langues, il est évident que ce dictionnaire,
empruntant à leur source et qui renfermerait moins de
mots qu'aucun des dictionnaires existants en quelque
langue que ce soit, contiendrait cependant la substance
de toutes les langues différentes au nombre de plus de
deux mille sur toute la surface du globe.

Nous posons en fait que ce dictionnaire, bien facile à
composer par les savants, une fois terminé, en moins
de deux ans la langue universelle sera la seule adoptée,
et toutes les autres seront réduites à l'état de langues
mortes.

Remarquez que les principes ci-dessus peuvent s'ap-
pliquer à toute langue en particulier, et si l'on ne ju-
geait pas convenable de former la langue universelle
du mélange des autres langues, nous proposerions la
langue française pour langue universelle, parceque c'est
la langue la plus universellement répandue, ou en der-
nier lieu nous conseillerions à chaque peuple d'employer
notre système pour sa langue propre, afin, d'écarter

une foule de difficultés et d'irrégularités existantes dans presque toutes les langues.

Ne serait-ce que pour faciliter l'étude des langues, nous pensons que notre système devrait être sérieusement prisen considération. Nous sommes intimement convaincu que si l'on avait un dictionnaire panglotte tel que nous le proposons, on apprendrait plus de langues en un an qu'on n'en peut apprendre en quinze ou vingt années.

Nous croyons presque inutile de nous étendre ici sur les principes de la syntaxe, attendu que c'est un objet tout à fait indépendant de nos principes, ou du moins tout à fait accessoire, et ne pouvant donner lieu à aucune difficulté sérieuse ; nous nous bornerons seulemeut à dire que pour l'arrangement des mots nous conseille-rons de suivre autant que possible l'analogie des idées, c'est à dire qu'on fera le moins d'inversions possibles : on suivrait à cet égard la marche de la langue française. Relativement aux régimes des verbes et des prépositions ou autres particules, on suivra les principes de la langue latine, puisque la langue universelle proposée se décline et se conjuguera comme elle. Cependant pour tout sim-plifier voici ce que nous proposons pour les verbes : il n'y aura que des verbes actifs, psssifs et neutres ; tout verbe actif ayant un régime direct gouvernera l'accusatif; tout verbe ayant un régime indirect précédé de la pré-position *à*, *au*, gouvernera le datif; tout verbe ayant un régime indirect précédé des préposition *de*, *par*, *en*, gouvernera l'ablatif. Pour le régime des noms on suivra aussi la syntaxe latine généralement adoptée pour tous les principes de syntaxe de langue universelle, quoique cependant elle soit susceptible d'amélioration.

Par l'exposition de ce système, qui sans doute renferme quelque lacune et sur lequel nous aurions pu entrer dans de plus grands développements en l'enrichissant de beau-coup de notes, mais qu'après mûre réflexion nous avons cru devoir abréger autant que possible et réduire aux bases essentielles et tout à fait fondamentales pour ne pas fatiguer l'attention sur des détails peu importants, il doit être évident pour tout le monde que la langue universelle, basée sur ces principes et renfermant dès lors la plus parfaite unité et la plus parfaite régularité pour les déclinaisons, les conjugaisons, les caractères, les lettres et la prononciation, n'offrirait pas la centième partie des difficultés de toutes les langues existantes, hérissées d'irrégularités et d'obscurités inexplicables sous tous les rapports, et que dès lors elle pourrait être apprise cent fois plus vite et avec plus de profondeur qu'aucun d'elles : nous sommes convaincu que trois mois d'étude suffiraient pour la posséder.

Il doit être évident ensuite que cette langue, empruntant ses éléments, son âme, si nous pouvons nous exprimer ainsi, à la racine, à l'essence de toutes les langues mères qu'on engloberait dans un dictionnaire panglotte, et devenant ainsi le résumé, la substance de toutes les langues des peuples, serait la langue la plus riche qu'on puisse imaginer, puisque seule elle les contiendrait pour ainsi dire toutes, par le choix que l'on ferait nécessairement des mots renfermant le plus d'étymologies possible, et qui seuls contiennent plusieurs mots d'autres langues ou en sont la racine, comme on le voit par exemple dans la langue sanscrite, hébraïque et autres langues mères; il doit être évident enfin que cette langue, plus facile à apprendre, plus riche, plus claire, plus précise et plus élégante que toute autre, ne pourrait manquer d'être adoptée par tous les peuples avec le plus vif empressement, qu'elle régnerait seule et en peu de temps, et qu'elle répandrait, sans contredit, tous les bienfaits que nous avons signalés.

Aussi, intimement convaincu de la nécessité d'une langue universelle, et profondément pénétré de la bonté des principes que nous avons sommairement exposés, nous osons espérer que, dans l'intérêt de l'humanité, tous les souverains, les savants et les peuples à qui nous avons dédié cet ouvrage nous feront l'éminent honneur de prendre en considération le projet d'une langue universelle, qui serait sans doute le plus beau monument qu'on pût élever à la reconnaissance des peuples et à l'admiration de la postérité.

L'EMPIRE UNIVERSEL.

(FRAGMENTS.)

Je suis la flamme sainte, au feu du ciel ravie
Pour apporter au monde et la paix et la vie;
Je viens, au nom sacré de la religion,
Convier l'univers à la communion;
Je viens, sur tous les fronts replaçant la couronne,
Permettre de fonder la sainte Babylone.
Loin de sortir jamais des langes du trépas,
Les peuples périront s'ils ne m'entendent pas.

La Langue universelle.

Dieu, pour bien couronner l'œuvre de l'univers
Où l'œil voit rayonner ses attributs divers,
Fit, d'un vœu créateur, en longs traits de lumière,
Jaillir l'homme vivant de la morte matière,
Et pour qu'il pût comprendre et contempler son Dieu,
Il anima son front de son esprit de feu;
Et pour qu'avec éclat il chantât sa puissance,
En payant le tribut de sa reconnaissance,
Il voulut lui donner le bien le plus divin
Qui puisse relever son immortel destin,
Et séparer, d'un ciel, l'humaine créature
Des êtres différents qui peuplent la nature,
Qui puisse couronner sa haute royauté
Du céleste reflet de l'immortalité :
Il voulut lui donner la parole bénie,
La parole, instrument éclatant du génie,
Interprète sacré de tous les sentiments,
Dont les sens ou l'esprit donnent les éléments;
La parole, rayon des plus brillantes flammes
Et divine lumière et des cœurs et des âmes,
Dont le sublime éclat en puissance est pareil
Aux rayons créateurs qu'enfante le soleil;
La parole, en un mot, la plus puissante reine
Qu'on puisse voir partout régner en souveraine...
Mais Dieu ne donna pas la parole aux humains
Pour chanter seulement sa gloire aux temples saints...
Ce Dieu plein de bonté voulut que la parole
Fût entre eux de l'amour le philtre et le symbole;
Car pour mieux resserrer l'union des mortels,
Et leur faire goûter ses bienfaits éternels,
Dans son amour sacré pour l'humanité sainte,
Sainte ! quand de la foi sa sève était empreinte,
Dieu, lorsqu'il les dota de ce bien précieux,
En les illuminant d'un pur rayon des cieux,
Voulut que les humains qu'un nœud commun engage,
Dans tous leurs entretiens n'eussent qu'un seul langage...
La langue universelle alors régna pour eux,
Et l'amour et la paix couronnèrent leurs vœux;
L'on ne vit point, sans frein, la discorde et la guerre,
Et le vol et le meurtre ensanglanter la terre;
Car l'unité de langue est le commun chaînon
Qui conduit les mortels à la communion;
Et dès qu'existera la langue universelle,
De la langue de feu bienfaisante étincelle,

Les hommes, subjugués par leurs discours vainqueurs,
Confondront en un seul leurs âmes et leurs cœurs ;
Jusqu'aux pôles lointains reculant leur frontières,
Les peuples, réunis en un peuple de frères,
Parlant un seul langage appris en chaque lieu,
N'auront plus qu'un seul temple, un seul trône, un seul Dieu....

DESTRUCTION DE BABEL ET LA CONFUSION DES LANGUES.

Tant que chez nos aïeux la céleste innocence
Maintint envers le ciel leur juste obéissance,
Qu'on ne vit point l'orgueil exciter les humains,
Et lever vers les cieux de sacrilèges mains,
Par l'effet d'un unique et bienfaisant langage
On les vit savourer un bonheur sans nuage ;...
Mais quand le fol orgueil subjuguant les esprits,
De leurs rêves pompeux les rendant trop épris,
Vint leur persuader qu'ils étaient dieux eux-mêmes,
Et qu'ils pouvaient du ciel briser les lois suprêmes ;
Quand cette impie orgueil, à leur bonheur mortel,
Vint leur faire ériger la fatale Babel,
Par laquelle ils croyaient, mettant pierre sur pierre,
Titans audacieux, fils impurs de la terre,
Escalader le ciel pour en chasser son roi,
Et saisir pour jamais et sa foudre et sa loi,
Alors ce Dieu vengeur, pour punir tant d'audace
Et des profanateurs exterminer la race,
Leur infliger à tous le plus dur châtiment,
Comme s'il les frappait du fol égarement,
Leur fit parler soudain mille langues diverses;
Et bientôt, confondus dans leurs œuvres perverses,
Ne pouvant plus entendre et comprendre la voix
De ceux qui dirigeaint leurs superbes exploits,
Au milieu des éclats de leur tour en ruines
S'écroulant sous les coups des vengeances divines
Qui des immenses murs de Babel au cercueil
N'ont pas même laissé quelques débris de deuil.
Ces orgueilleux Titans, épouvantés d'eux mêmes
Et comme foudroyés par les saints anathèmes,
D'amis vrais qu'ils étaient en des jours fortunés
Devenant aussitôt ennemis acharnés,
Et se regardant tous ainsi que des sauvages,
S'enfuirent, dispersés, sur de lointaines plages,
Où naquirent dès lors des empires nouveaux
Avec des goûts, des mœurs des langages rivaux;
Et de là les combats et les haines profondes
Que l'on a vus sans fin ensanglanter les mondes!...
En vain, tristes témoins de ces calamités,
Des philantropes vrais, trop tôt désenchantés,
Ont voulu dissiper ces milliers d'idiomes,
Foyer toujours croissant des discordes des hommes;
En vain Leibnitz, Laml, Faiguet, le grand Descartes,
Rois, qui de la science ont publié les chartes,
Sont venus exposer leurs systèmes savants,

Leurs systèmes sont morts dans l'oubli des vivants,
Parcequ'ils n'avaient pas sans doute le mérite.
D'emprunter leur richesse à chaque langue écrite....
Ainsi depuis déjà quatre mille ans passés,
Faute d'avoir trouvé des hommes empressés,
Ou pour avoir livré peut-être au ridicule
Des projets rejetés par un monde incrédule,
L'on n'a pas pu trouver le plus sublime bien,
Le plus utile à tous, et que tout citoyen
Qui veut voir l'amour seul dominer sur ce monde
Doit chercher sans relâche, en son ardeur profonde,
S'il veut bien mériter des peuples à venir,
Et laisser immortel un vaste souvenir...
Et cependant, tandis que la vapeur vivante
Et sur terre et sur mer par sa course puissante,
Va mettre chaque jour les peuples en rapports
Afin de terminer des traités, des accords,
Et qu'il devient dès lors urgent et nécessaire
De posséder bientôt ce trésor salutaire,
Tout restera muet, et l'on voudra prouver
Que ce trésor sacré ne peut point se trouver,
Et que Dieu, pour jamais, dans ses saintes colères,
Nous a voulu punir des crimes de nos pères,
Que toujours les vivants, punis d'un fol orgueil
Se verront incompris comme dans un cerceuil,
Et qu'à jamais privé de la sainte couronne
Le monde restera la tour de Babylone !...
Et quoi ! lorsque, privés du langage des cieux,
D'immondes animaux s'entendent en tous lieux;
Quoi ! lorsque les hiboux, poussant des cris funèbres,
S'entendent sans se voir au milieu des ténèbres,
Les hommes, en plein jour, intelligents esprits,
Demeureront muets et sans être compris,
Se verront hébétés, muets comme des tombes
Ou bien des revenants sortis des catacombes !...
Oh ! non, non, ô mon Dieu, votre glaive irrité
Ne veut point pour jamais frapper l'humanité !
Non, vous ne voulez pas, la brisant dans sa chute,
Ravaler votre image au dessous de la brute...
Oh ! non, non, les mortels ne seront point privés
D'un bien par qui tous biens peuvent être sauvés....
Non: je viens, inspiré d'un saint enthousiasme,
En bravant le mépris, l'insulte et le sarcasme
Que les nains et les sots feront tomber sur moi,
Ne trouvant pour frapper d'autre arme et d'autre loi,
Présenter un projet de langue universelle.
Pour qui depuis longtemps se creuse ma cervelle
Et dont les éléments, sans apprêt exposés,
Ne seront par aucun justement récusés,
Qui par l'addition de très simples finales,
Détruisant du discours les immenses dédales
Et simplifiant tout, rendant tout régulier
En conservant des mots l'unique singulier,
Rendront la langue à tous si facile à comprendre
Qu'en moins de quatre mois chacun pourra l'apprendre...

Et si je pouvais voir avec ravissement
Le monde m'accorder quelque encouragement,
Seul, sans aucun secours, en moins de deux années
Je voudrais du succès voir mes lois couronnées...
Je le sens néanmoins, sans les protections
Des savants de la France et d'autres nations,
Mon système, manquant de ce concours illustre,
Ne pourrait par moi seul atteindre tout son lustre
Après avoir jeté le stable fondement
De ce philantropique et sacré monument,
Je viens donc faire appel à toutes les puissances
A tous les souverains, protecteurs des sciences,
A tous les corps savants de cent peuples divers
Dont la vaste lumière éclaire l'univers :
O vous tous qui brûlez d'un saint patriotisme
Et voulez de ce monde expulser l'égoïsme,
Au nom de la science et de l'humanité,
Au nom des dogmes purs de la divinité,
Venez, dignes soutiens de la philantropie,
Propagateurs des lois de la philosophie;
Apportez, apportez votre noble tribut
A l'œuvre dont je viens de tracer le début,
Et bientôt, rayonnant et dominant le monde,
Surgira l'édifice à la clarté féconde
Où comme en un grand phare au monde consacré
Chaque peuple viendra puiser le feu sacré...
Oui par le saint accord des plus puissants génies,
Au milieu des concerts des nations unies,
Tout rayonnant de gloire à son couronnement,
S'élève jusqu'aux cieux le plus beau monument
Que l'on puisse élever à la reconnaissance
Des peuples réunis par sa toute-puissance
Et qu'on puisse léguer, pour l'immortalité,
A l'admiration de la postérité;
Oui, le cœur éclairé par la grâce divine
Qui vient leur rappeler leur céleste origine,
D'un regard triomphant, je vois tous les humains
Comme des anges purs autour des autels saints,
Devant l'arbre de vie aux enivrantes flammes
Que boivent à longs flots et les cœurs et les âmes,
Parlant un seul langage au parfum immortel,
Fonder, en s'embrassant, l'empire universel,
Où comme dans l'Eden de notre premier père,
Pour nous inonder tous de vie et de lumière
Ne doivent plus régner, sous l'arc-en-ciel de feu,
Qu'un seul ministre saint, qu'un seul roi, qu'un seul Dieu.

FIN.

Paris, imprimerie de Poussielgue, rue du Croissant, 12.

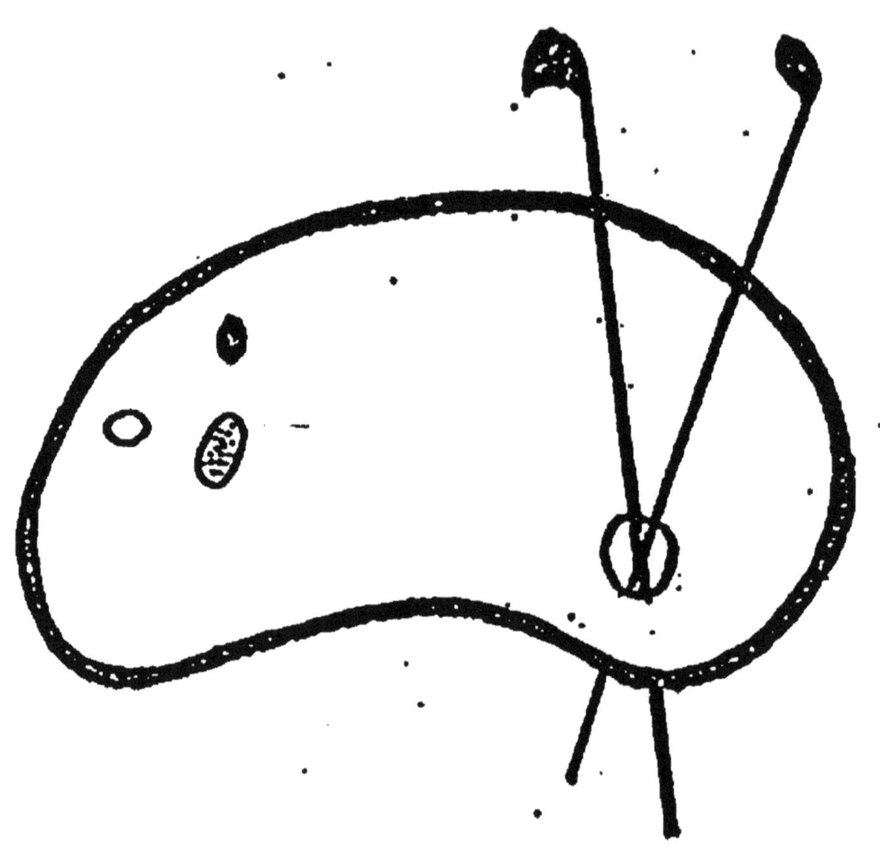

ORIGINAL EN COULEUR
NF Z 43-120-8